JENNY MARCEL

JEAN CAROUGE

...XVᵉ SIÈCLES

PAR

A. VAVASSEUR

AVOCAT A LA COUR D'APPEL DE PARIS

Membre de la Société des Études Historiques.

PARIS

FONDATEUR ET LIBRAIRE GÉNÉRAL DE JURISPRUDENCE

MARCHAL et BILLARD, IMPRIMEURS-ÉDITEURS,

LIBRAIRES DE LA COUR DE CASSATION

Administrateur du Journal du Ministère public

Place Dauphine, 27, à Paris

ÉTIENNE MARCEL

ET

JEAN CABOCHE

ÉPISODES DES XIVᵉ ET XVᵉ SIÈCLES

PAR

A. VAVASSEUR

AVOCAT A LA COUR D'APPEL DE PARIS

Membre de la *Société des Études historiques.*

PARIS

IMPRIMERIE ET LIBRAIRIE GÉNÉRALE DE JURISPRUDENCE.

COSSE, MARCHAL ET BILLARD, IMPRIMEURS-ÉDITEURS,

LIBRAIRES DE LA COUR DE CASSATION,

Administrateur du *Journal du Ministère public.*

Place Dauphine, 27, à Paris.

A MONSIEUR JULES FAVRE

En écrivant cette étude sur Etienne Marcel, j'ai songé plus d'une fois à vous. C'est pourquoi je vous prie de vouloir bien en agréer l'hommage.

A. VAVASSEUR.

ÉTIENNE MARCEL

ET

JEAN CABOCHE

ÉPISODES DES XIVᵉ ET XVᵉ SIÈCLES (1)

Dans les grandes douleurs l'âme se replie sur elle-même et elle cher-
che dans les événements passés des consolations, ou des espérances. L'âme
collective, l'âme d'un peuple, accablé par le malheur, abîmé dans l'hu-
miliation de l'heure présente, doit aimer aussi à interroger les leçons de
l'histoire ; elle y trouvera peut-être comment la patrie tombée peut
surgir de ses ruines et reprendre, encore radieuse, le cours de ses des-
tinées.

Il y a, dans nos annales, une époque orageuse et troublée, qui a plus
d'un point de ressemblance avec la nôtre; c'est le quatorzième siècle, qui
vit la France foulée par l'étranger et déchirée par des guerres intestines.

Si je voulais me livrer au jeu puéril des rapprochements ingénieux, je
vous montrerais à quatre siècles d'intervalle, sous des noms différents,
les mêmes épisodes, ou terribles, ou honteux ; les mêmes personnages,
les mêmes désastres.

Chaque siècle est marqué par un caractère dominant; le quatorzième
est le siècle des états généraux. Dès son début, en 1302, Philippe le Bel
convoque à Paris l'assemblée générale des trois ordres, et jusqu'à l'année 1363, on ne compte pas moins de 70 assemblées générales ou par-
tielles (2) pour les pays de la langue d'Oil.

Il ne faut pas faire un mérite aux Valois de ces appels à la nation ; leur
seul but était d'obtenir des subsides pour entretenir leurs prodigalités
ruineuses, ou soutenir des guerres aussi témérairement entreprises que
follement conduites.

Parmi nos financiers modernes il y en a qui recherchent surtout dans
l'impôt cette qualité d'être facile à percevoir; nos rois leur ont offert
en ce sens un type accompli, c'était la fausse monnaie; et Philippe
le Bel a été placé par Dante dans son enfer, comme prince des faux-mon-

---

(1) Ce travail a été lu en séance publique de *la Société des Etudes historiques*, le 12 mai 1872.

(2) Henri Martin, *Histoire de France*, liv. XXX, t. v, p. 123, 4ᵉ édition.

nayeurs. La nation devait subir la fausse monnaie, ou voter les subsides, et encore le dilemme n'était-il rien moins que sûr; le cumul avait lieu souvent, et plus d'une fois le roi viola la promesse faite aux états de respecter le titre des monnaies; alors on procédait secrètement, à la manière des criminels vulgaires, et l'on assurait le fruit de ses rapines par un serment imposé aux maîtres et officiers des monnaies; « Gardez si » chers comme avez vos honneurs; qu'ils (les changeurs) ne saichent la » loi (le titre des espèces) à peine d'être déclarés pour traistres (1). »

D'ailleurs les financiers du temps surent inventer d'autres ressources, les mêmes que ceux d'aujourd'hui, plagiaires sans le savoir, proposent comme remède à nos récents désastres.

L'impôt du sel fut établi sous la forme d'un monopole, et Philippe VI, le créateur de la gabelle, reçut, à cette occasion, le piquant surnom d'auteur de la loi salique; la raillerie gauloise rendait sel pour sel. On établit aussi sur le prix de toute marchandise vendue un impôt d'un vingtième, qui n'était autre que l'*alcavala*, nouvelle invention fiscale imaginée en Castille pour soutenir la guerre contre les Maures et dont les rois de l'Europe s'étaient emparés tour à tour avec avidité (2). Enfin, nous trouvons jusqu'au système de l'impôt unique, sur tous les revenus, même des nobles et du clergé, mais progressif à rebours, en ce sens que les petits revenus étaient frappés de 5 p. 100, les médiocres de 4 p. 100 et les plus riches de 2 p. 100 (3).

Il fallait bien pourvoir à la guerre contre l'Anglais, guerre implacable, suscitée par l'ambition et l'orgueil des princes qui allaient se disputer la couronne de France, au risque d'allumer entre deux peuples une haine éternelle (4).

*
* *

La réunion des états généraux répondait donc à des besoins urgents, mais elle coïncidait, en même temps, avec un sentiment très-vif des liber-

---

(1) De 1351 à 1360, la livre tournois changea soixante-onze fois de valeur. (Michel Chevalier, *Revue des Deux-Mondes*, n° du 15 octobre 1857).

(2) L'impôt fut fixé à 8 deniers pour livre par les états de 1355 (de Sismondi, *Histoire des Français*, t. x, p. 430).

(3) Ce système fut adopté par les états généraux de 1355 (de Sismondi, t. x, p. 448).

(4) Édouard III, roi d'Agleterre, prétendait par sa mère au trône de France, mais il fut décidé, conformément à la loi féodale, que la France était une *terre salique*, et que les femmes étaient exclues de la couronne.

tés publiques qui, à cette époque, se manifesta sur tous les points de l'Europe. Ce fut comme un réveil des peuples, soulevant avec effort le lourd linceul que la féodalité faisait si durement peser sur leurs têtes, et qui demandaient à naître à la vie politique.

En Italie, Rienzi, évoquant les souvenirs de la vieille République, se faisait proclamer par le peuple, enivré d'enthousiasme, comme successeur des tribuns romains. S'il passa comme un météore, il laissa derrière lui un sillon lumineux qui devait éclairer son œuvre ébauchée ; et le siècle n'était pas écoulé que, dans la cité des Papes, une révolution nouvelle appelait au partage de la souveraineté jusqu'aux ouvriers des manufactures, assez puissants par leur nombre pour commencer enfin à vouloir être respectés (1).

Les villes, constituées en républiques, déployaient dans le commerce, dans les arts, comme dans les affaires publiques, une prodigieuse activité, source de richesses, et de conflits incessants.

En Allemagne aussi, les villes libres : Cologne, Francfort, Aix-la-Chapelle, et les villes anséatiques, formaient par leur constitution de véritables républiques. La noblesse elle-même revendiquait, les armes à la main, son indépendance, et réduisait presque à néant l'autorité impériale dans les mains de Charles IV (2).

Dans les Flandres, Jacques Arteveld, simple brasseur, et grand citoyen, soulevait et confédérait les communes. Son alliance était recherchée par les rois de France et d'Angleterre ; il nous apprend lui-même pourquoi il préféra Edouard III à Philippe VI : « Tant que notre comte, dit-il à ses » compatriotes, sera attaché à la cour de France, où les bourgeois sont » méprisés, où le commerce est exposé au pillage des chevaliers, où les » libertés des villes sont traitées d'usurpation sur les droits de la noblesse » et du trône, il n'aura jamais de respect pour nos priviléges (3). »

C'est que l'Angleterre, dès ce temps, s'essayait au gouvernement parlementaire ; et Edouard III, quoiqu'il eût toujours ménagé la liberté populaire, quoiqu'il eût par ses victoires enivré d'orgueil la nation anglaise, dut à la fin de sa carrière subir le frein salutaire d'un parlement que le peuple reconnaissant nomma *le bon parlement* (4). Jean Wickleff jetait le fondement de la liberté religieuse, et ne craignait pas de s'attaquer au

(1) De Sismondi, t. xi, p. 243.
(2) En 1378.
(3) De Sismondi, t. x, p. 157.
(4) En 1378 (de Sismondi, t. xi, p. 245).

droit divin des rois. Wat Tyler, pour venger sa fille outragée, appelait à la révolte les paysans, et se rendait maître de la capitale (1).

En France, depuis longtemps germaient partout des semences de révolte : aux Xe et XIe siècles, les paysans s'étaient soulevés en Normandie contre les nobles, et s'étaient fait massacrer (2).

Le XIe siècle vit éclore la grande insurrection communale qui causa une si profonde terreur à la noblesse féodale. C'était le peuple des villes, la bourgeoisie nationale, qui réagissait contre la conquête, et qui bientôt allait montrer assez de puissance pour devenir un troisième ordre dans l'Etat.

Au XIIe siècle, les villes de Provence, de Languedoc et d'Aquitaine se souvenant qu'elles avaient formé des municipalités romaines, tendaient à se constituer en républiques indépendantes ; mais, lorsque survint l'hérésie des Albigeois, elles ne surent pas se confédérer pour résister à Simon de Montfort et elles succombèrent sous les coups de la féodalité mieux organisée (3).

L'esprit démocratique gagnait jusqu'aux couches inférieures de la population, et dans la seconde moitié du XIVe siècle, on vit l'esprit de révolte souffler sur les campagnes comme sur les villes. Les insurrections des Jacques dans l'Ile de France et la Picardie, des Maillotins à Paris, des Tuchins en Languedoc, sont devenues légendaires.

* *

L'édifice féodal, fondé sur la force, craquait de toutes parts; et en attendant que la royauté pût le restaurer à son profit, tous les éléments sociaux combattaient au milieu d'une effroyable anarchie.

Les gentilshommes haïssaient et méprisaient les bourgeois; c'était, disaient-ils, une honte pour la *noblesse et gentillesse* du pays que les gens de bas étage prétendissent exercer quelque autorité (4). Il fallait courir

---

(1) L'insurrection fut maîtresse de Londres pendant huit jours seulement. Le 15 juin 1381, Wat Tyler était tué sous les yeux de Richard III et la répression qui suivit fut effroyable (de Sismondi, t. x, p. 336 et suiv.).

(2) Ces paysans étaient les anciens colons de la loi romaine qui, autrefois, n'étaient pas esclaves, mais que l'oppression féodale tendait à réduire à l'état de serfs, et que les jurisconsultes désignent sous le nom de *vilains*, qualité intermédiaire entre celle d'hommes libres et de serfs (Guizot, *Hist. de la civil. en France*, p. 12).

(3) Guizot, *Civil. en Europe*, p. 282.

(4) De Sismondi, t. xi, p. 369.

sus à toute cette *ribeaudaille*, comme disait Froissart, l'ami des chevaliers
et des nobles dames ; à la cour de France, on tournait publiquement en
dérision les lettres de Philippe Arteveld, coupable de défendre les libertés
conquises par son père, Jacques Arteveld. On allait en guerre contre
les bourgeois flamands qui se laissaient écraser à Rosebecque (1) ;
Charles VI, roi de 14 ans, exalté par la victoire, faisait à Paris une entrée
triomphale, montrant un visage irrité contre les Parisiens, soupçonnés de
sympathie envers les rebelles de Flandre, et il préludait dignement à la
folie qui allait l'atteindre en faisant mettre à mort l'avocat général
Desmarets avec cent bourgeois des plus notables.

Ce fut comme une seconde croisade contre les communes du Nord,
succédant à la croisade entreprise en apparence contre les Albigeois
hérétiques, mais en réalité contre les villes municipales du Midi.

L'affranchissement communal était partout menacé ; beaucoup de char-
tes arrachées ou payées aux seigneurs étaient confisquées par les rois, se
faisant leurs complices dans cette œuvre de réaction. Les bourgeois résis-
tèrent longtemps sans succès, et ils finirent par être vaincus, mais il vint
un jour où, grâce à l'énergie et à l'intelligence de leurs chefs, ils furent
comme on le verra, sur le point de triompher. Dans cette lutte glorieuse
ils se montrèrent les dignes ancêtres des bourgeois de 89. Ils avaient
acquis dans leurs corporations, dans leurs confréries, une expérience
administrative, une science d'organisation, qui les rendaient aptes aux
fonctions de gouvernement ; déjà les chefs de métiers remplissaient,
sous le titre de prévôt et d'échevins, les charges municipales et pre-
naient une part importante à l'exercice de l'autorité publique. La bourgeoisie du moyen âge, il faut le constater avec regret, déployait
plus d'initiative et d'énergie que la bourgeoisie indifférente et scep-
tique des temps modernes. Elle connaissait d'ailleurs sa puissance et
elle ne redoutait pas la lutte contre l'aristocratie féodale.

Dans les villes fermées, les bourgeois du moins trouvaient une sécurité relative ; mais les paysans étaient livrés à la merci des gens de guerre
qui se répandaient dans les campagnes, et, à défaut d'autres ressources,
vivaient sur le plat pays. Le brigandage était devenu une industrie
qui enrichissait certains aventuriers, devenus corsaires de grand che-
min. Les seigneurs eux-mêmes, après la défaite de Poitiers, sous prétexte
de payer les rançons promises à l'Anglais, renchérirent sur les excès
des brigands, prenant aux paysans leur bétail, leurs récoltes, les mettant à

---

(1) En 1382.

la torture pour obtenir l'argent caché, tout en les accablant, eux, leurs femmes et leurs filles, des derniers outrages.

Le paysan, c'était Jacques Bonhomme, ainsi nommé par une cruelle dérision, pour signifier qu'il endurait et souffrait tout. « Jacques Bon- » homme payera, disaient tous ces beaux gentilshommes, sinon il sera » battu. » Et pour n'être pas battu, Jacques Bonhomme payait en refoulant dans sa poitrine un cri de colère et de vengeance.

« Oignez le villain, disaient-ils encore, et il vous poindra. Poignez » le villain, et il vous oindra. » Mais il vint un moment où la souffrance fut si poignante, que le paysan révolté, au lieu d'oindre, battit et massacra ses maîtres.

La peste de Florence vint mettre le comble aux calamités ; effroyable épidémie « dont bien la tierce partie du monde mourut » raconte Froissart, et qui chez les survivants exaspéra encore tous les instincts cruels. Les juifs, accusés d'empoisonner les sources, furent livrés aux flammes, et le roi Philippe VI, croyant que la peste était un acte de la colère divine ordonnait qu'on coupât aux blasphémateurs, d'abord une lèvre, puis en cas de récidive, l'autre, et enfin la langue (1).

Au milieu de ses misères, la masse de la nation restait sans guide et sans boussole. Toute autorité morale avait disparu. Les rois, faux-monnayeurs, avides et cruels, se montraient partout indignes du rang suprême où le hasard de l'hérédité les avait appelés, et ils n'inspiraient plus que la terreur ou la haine. Les contemporains eux-mêmes en ont fait justice, et ils passent à la postérité marqués d'un sobriquet d'infamie : c'est Pierre le Cruel, roi de Castille ; Charles le Mauvais, roi de Navarre, quoique moins mauvais peut-être que le roi de France, son beau-père, Jean le Bon, comme l'appelle Froissart, « qui voulait être gai, frusque, amoureux et bachelereux durement », mais qui se montrait implacable dans ses vengeances (2).

On a pu remarquer que, vers la fin du siècle, tous les trônes de l'Europe étaient occupés par des princes, des femmes et des enfants, ou méprisables ou insensés (3) : Wenceslas, empereur d'Allemagne, était

---

(1) Ordonnances, t. xi, p. 282.

(2) A Rouen, au milieu d'un repas donné par le Dauphin, son fils, il arrête lui-même et fait trancher la tête à plusieurs gentilshommes, amis de Charles le Mauvais qu'il détestait. Il n'ose faire mettre à mort celui-ci, mais il l'arrête et le garde prisonnier aa Louvre, où il prend plaisir à le tourmenter (de Sismondi, t. x, p. 450).

(3) De Sismondi, t. x p. 299.

toujours ivre et se livrait aux plus honteuses débauches. Jeanne de Naples avait fait assassiner son mari, et elle vendait Avignon au pape Clément VI qui la déclarait innocente. Richard II régnait à onze ans sur l'Angleterre, et dès avant sa majorité il se mettait en révolte ouverte contre le Parlement, qui le déposait en lui faisant grâce de la vie. En France, Charles VI arrivait au trône à 12 ans; et bientôt frappé de folie, il allait montrer au peuple toute la fragilité de la majesté royale.

Tous les désordres étaient dans l'Eglise, et la foi religieuse elle-même, si vivace au moyen âge, commençait à s'ébranler dans les âmes. Jean XXII, novateur et subtil, suscite des querelles théologiques, et ses adversaires font élever par l'empereur un anti-pape sous le nom de Nicolas V (1). Si celui-ci n'eut qu'un règne éphémère, le schisme germa si bien qu'à partir de 1378 la chrétienté compta deux papes. Urbain VI à Rome et Clément VII à Avignon se jetaient mutuellement l'anathème. Le premier, élu quoique fou, faisait torturer ou jeter à la mer les cardinaux qui l'avaient nommé (2). L'autre, après avoir fait massacrer sous ses yeux la population de Césène, soutenait, pour plaire à la cour de France et à la Sorbonne, le mystère de l'Immaculée Conception, combattu par l'ordre des Dominicains et la sainte Inquisition.

Les hérésies devaient fleurir en un tel temps, et selon la coutume, s'alimenter par les persécutions. Un moine espagnol, effrayé des conséquences dernières de la transubstantiation, osa soutenir que l'hostie consacrée cessait d'être le corps du Christ si elle tombait dans un lieu impur, et qu'ainsi, dans l'acte de la communion, le corps retournait au ciel au moment où il était trituré par les dents. Une bulle de Grégoire XI fit bonne justice de cette audacieuse erreur, en ordonnant aux inquisiteurs de la foi d'extirper l'hérésie en supprimant les hérétiques (3). D'ailleurs le bras séculier se prêtait complaisamment à l'Eglise pour maintenir la pureté des doctrines : Philippe VI, de lui-même, avait fait condamner par la Sorbonne, et il avait poursuivi les *flagellants*, coupables d'exagérer le sentiment de pénitence, en se promenant par les rues, demi-nus, hommes et femmes, et se frappant à grands coups de discipline (4). Puis les *turlupins*, puis les *béguards et béguines*, puis quelques survivants des *Albigeois*, convaincus de vouloir réagir par une piété exaltée contre les

---

(1) En 1329.
(2) En 1380.
(3) En 1371.
(4) En 1349.

vices des ecclésiastiques, furent tour à tour excommuniés et persécutés.
Nombre de ces malheureux périrent sur les bûchers à Paris et dans les
principales villes du royaume (1).

*
* *

Ajoutez au tableau des désastres militaires inouïs. Après Crécy (2),
Poitiers (3); l'Anglais, deux fois vainqueur sur le sol de la patrie, livrée
à toutes les horreurs de l'invasion, et démembrée par la conquête !

A Poitiers, l'armée française était six fois plus nombreuse que l'armée
ennemie. Mais, par l'impéritie des chefs, des corps entiers n'avaient pas
combattu ; les princes du sang avaient donné l'exemple de la lâcheté, et
une partie de la noblesse avait fui devant les communiers anglais. Le
Prince Noir avait fait deux fois plus de prisonniers qu'il ne comptait de
soldats, et il dut en renvoyer beaucoup en les admettant à rançon sur
parole. La déroute avait pris les proportions d'une capitulation ; et à ce
souvenir, à ce mot, qui viennent d'être si cruellement ravivés, nous sen-
tons encore, après cinq siècles écoulés, la honte nous monter au front.

Pourtant ne soyons pas trop sévères envers nos ancêtres, car il était
réservé à notre temps de subir, châtiment inouï d'une nation momenta-
nément tombée en décadence, la capitulation en rase campagne d'une
armée française.

Chez les contemporains, ce fut, à la nouvelle de la défaite et après le
premier moment de stupeur, une explosion de colère et de mépris. On
parlait de trahison, de prévarications énormes (4). L'exaspération fut à
son comble lorsque les seigneurs voulurent extorquer à leurs vassaux
de quoi payer les rançons de leur liberté. Dans les villes, les bourgeois
les plus éclairés comprirent, en présence de l'incapacité démontrée
des classes gouvernantes, que le salut de la France allait exiger leur
intervention dans les affaires publiques.

(1) De 1365 à 1372.
(2) En 1346.
(3) En 1356.
(4) Les nobles, pour s'assurer une triple ou quadruple solde, faisaient passer
leurs valets et leurs pages pour autant d'hommes d'armes ; ceux-ci, pour trom-
per les maréchaux, montraient tour à tour les mêmes chevaux, et selon la re-
marque de M. Perrens, on comptait ainsi des goujats pour des soldats exercés
(Perrens, Etienne Marcel, p. 79).

A Paris, Etienne Marcel était prévôt des marchands. Che de la puissante corporation des drapiers, il avait été élu par les six corps de métiers à la dignité de prévôt qui lui donnait sur le gouvernement de la ville un pouvoir considérable, et dont les fonctions municipales ou même préfectorales de nos jours ne donnent qu'une faible idée. Il n'eut donc pas besoin d'usurper pour faire éclater l'ardent patriotisme dont il était animé, ni pour déployer le caractère énergique et les rares talents qui allaient lui faire obtenir, non-seulement sur la cité, mais sur la France entière, un ascendant extraordinaire et mérité.

La nation avait trouvé son Jacques Arteveld; car le drapier parisien était digne du brasseur de Gand. Ce ne sont pas les chefs qui manquèrent à la bourgeoisie, mais ce fut elle-même qui, par ses défaillances, recula de plusieurs siècles l'avénement du tiers-état.

Marcel, sans perdre une minute, met Paris en état de défense. Il construit de nouvelles fortifications, l'enceinte de Philippe Auguste étant devenue trop étroite; il fait fermer la Seine par des chaînes et barricader les rues pendant la nuit; pour faire face aux dépenses, il frappe un droit d'octroi sur les boissons.

Le roi Jean, malgré sa bravoure personnelle, avait été fait prisonnier sur le champ de bataille. Le dauphin, son fils, qui fut depuis Charles V, avait lâché pied honteusement; il abandonna les débris de l'armée pour se réfugier à Paris, où il n'eut rien de plus pressé que d'altérer les monnaies. Puis, pour avoir des subsides, il se vit obligé de convoquer les états généraux.

*
* *

Déjà, dans les états généraux réunis le 2 décembre 1355, tout porte à croire que Marcel avait eu un rôle prépondérant. Les trois ordres avaient délibéré ensemble. Des subsides furent votés, mais pour une année seulement, et afin de se garantir contre les infidélités des officiers royaux, il fut décidé que les états nommeraient eux-mêmes les receveurs et trésoriers. D'autres mesures d'une importance capitale furent arrêtées : ainsi, l'égalité devant l'impôt, la périodicité des états, l'armement général de la nation.

Une véritable révolution politique s'accomplissait. Ces états généraux devenaient une assemblée nationale, presque constituante. En s'ingérant dans l'administration des finances, elle cumulait le pouvoir exécutif avec le législatif, et marchait dans la voie que plus tard la Convention suivit jusqu'au bout. D'ailleurs la noblesse et le clergé s'associaient à ces résolutions, et l'autorité royale, compromise par d'indignes représentants, perdait tous les jours de son prestige.

En mars 1356, il y eut une nouvelle session des états généraux, mais elle dura peu, et les députés y mirent peu d'empressement.

La session qui eut lieu après le désastre de Poitiers devait être plus longue et plus orageuse. Elle s'ouvrit le 17 octobre 1356; les députés des trois ordres y vinrent au nombre de 800. Il n'y avait pas moins de 400 députés des bonnes villes, au premier rang desquels figurait Etienne Marcel, déjà célèbre et influent.

Dès sa première séance, l'assemblée nomme un comité de 80 membres qui revendique fièrement la liberté de ses délibérations et défend aux officiers royaux d'y assister.

Ensuite l'assemblée demande la destitution et la mise en jugement de sept des principaux ministres ou fonctionnaires accusés de mauvaise administration ou de malversations. On y trouve Pierre de La Forêt, archevêque de Rouen, chancelier de France, et Simon de Buci, premier président du Parlement de Paris. C'était la mise en œuvre de ce que nous avons appelé depuis la responsabilité ministérielle.

On ira plus loin encore : ce sont les courtisans qui ont perdu et ruiné le royaume, les rois n'ont pas su s'affranchir de leur détestable joug ; on s'en prendra donc à la racine du mal, et l'assemblée ne craindra pas de mettre en échec l'autorité royale elle-même. Elle exige que le grand conseil du roi soit dorénavant nommé par l'assemblée des trois ordres, et composé de quatre prélats, douze seigneurs et douze bourgeois.

C'était placer le gouvernement dans l'assemblée, qui le savait et le voulait ainsi très-résolûment, car elle votait cette mesure à l'una-nimité (1).

La cour fut dans la stupeur. Le Dauphin n'osa ni accepter, ni refuser ouvertement, et pour éviter de répondre, il ajourna les états. C'était un coup d'Etat déguisé et un outrage à l'assemblée.

Le comité des 80 convoque les députés, qui se réunissent aux Cordeliers sur l'invitation de Marcel et de ses amis ; Robert Lecoq, évêque de Laon, donne lecture des résolutions adoptées, et propose à chacun des députés d'en prendre copie pour les communiquer à leurs commettants. C'était la sanction suprême, provoquée par la publicité du compte rendu.

Alors le Dauphin, pour se passer des états, eut recours à l'expédient

_____

(1) Perrens, p. 103.

des anciens jours, la fausse monnaie. Marcel n'hésite pas, il interdit la circulation de la monnaie falsifiée, et, pour répondre aux menaces des officiers royaux, il ordonne aux gens de métier de se mettre en grève et de s'armer. Puis il demande la convocation des états généraux.

Le Dauphin se soumet et les états se réunissent le 13 février 1357.

**

L'assemblée, moins nombreuse qu'à la session précédente, ne va pas montrer moins d'énergie. Elle décide, avant tout, que les résolutions adoptées par le comité des 80 seront officiellement envoyées aux états provinciaux qui feront connaître leurs vœux, c'est-à-dire, ce qu'on appela depuis les cahiers avec le mandat impératif.

Les cahiers arrivés, eut lieu la séance publique, à laquelle se rendit le Dauphin accompagné de ses frères. Robert Lecoq, au nom de l'assemblée, énumère les réformes à opérer, et le Dauphin, sentant qu'il fallait plier sous l'orage, consentit à tout, même à la destitution de 22 de ses conseillers et à la confiscation de leurs biens. Il promulgua la grande ordonnance, véritable constitution politique qui eût épargné à la France plusieurs siècles de gouvernements absolus, sans la triste réaction que nous verrons bientôt surgir.

L'inviolabilité des députés, la réunion périodique des états généraux, la non-vénalité des charges de judicature, la responsabilité des juges, le principe d'une liste civile limitant les dépenses du souverain, l'institution de gardes civiques par l'armement de la nation : toutes ces garanties récemment conquises au prix de tant de sang versé et dont quelques-unes nous sont même encore aujourd'hui disputées, se trouvent dans la charte mémorable du XIVe siècle (1).

Le Dauphin, qui bientôt devait prendre le titre de régent, subit avec amertume cet amoindrissement de l'autorité royale ; une partie de la noblesse en conçut une vive irritation. Le roi captif écrivit pour défendre d'exécuter les ordres des états, mais une telle émotion s'ensuivit dans Paris, que deux jours après cette défense était retirée.

Au milieu de ces passions soulevées, la lutte devient imminente, et bientôt à la guerre étrangère va répondre le sinistre écho de la guerre civile.

Le Régent s'y prépare ouvertement. Il se rend en province pour exciter

---

(1) Ordonn. de France, t. xi, p. 124.

contre Paris la jalousie des bonnes villes, il rapporte certaines dispositions de la grande ordonnance (1), puis il rentre à Paris, où il annonce qu'il va de nouveau altérer les monnaies. C'était se mettre en révolte ouverte contre l'autorité des états.

On arrive au commencement de l'année 1358, et les événements vont se précipiter : Etienne Marcel fait prendre aux bourgeois, comme signe de ralliement, le chaperon mi-partie rouge et bleu, aux couleurs de la ville de Paris. Le Régent veut essayer de s'appuyer sur le menu peuple, il se rend aux Halles pour le haranguer, et l'exciter contre le tribun de la bourgeoise ; mais, le lendemain, Marcel convoque une assemblée populaire devant laquelle il se justifie et confond son adversaire.

L'agitation est à son comble, et tout contribue à l'augmenter. Un clerc, nommé Perrin-Marc, ayant tué un trésorier du Dauphin, est saisi dans une église et mis à mort au mépris du droit d'asile. Le clergé réclame le corps du supplicié et lui fait des funérailles pompeuses.

Les Anglais venaient de prendre Etampes et leurs compagnies s'avançaient jusqu'à Saint-Cloud, portant le ravage et la dévastation dans les campagnes. Le Régent reste indifférent, et s'il s'entoure d'hommes d'armes, s'il garnit le Louvre d'artillerie, c'est uniquement pour sa sécurité personnelle. C'en est trop, l'indignation déborde, on crie à la trahison ; deux hommes, les maréchaux de Champagne et de Normandie, sont particulièrement désignés à la haine publique, ce sont les conseillers les plus détestés du Régent ; ils ont accumulé sur leurs têtes tout le ressentiment des masses. Ils sont condamnés à périr.

Le 22 février, le tocsin sonne à Notre-Dame, trois mille hommes armés, dirigés par Marcel, se rendent au palais. Autour du Régent sont les deux maréchaux, avec quelques-uns des conseillers destitués par l'ordre des états, et plusieurs fuyards de Poitiers. La vue de ces personnages n'était pas faite pour calmer l'exaspération. Les deux maréchaux sont saisis et mis à mort sous les yeux du Régent, qui demande grâce pour sa vie. Mais Marcel l'assure qu'elle n'a jamais été menacée, et en signe d'alliance, ils échangent leurs chaperons.

Cette exécution sommaire fut un crime. Elle fait tache sur la mémoire du prévôt. Sans doute, en ces temps où la force régnait en souveraine, la vie de l'homme pesait peu de chose, et l'on avait vu, même pour satisfaire

---

(1) Par une ordonnance du 4 septembre 1357, il reprend le droit de vendre ou mettre à ferme les greffes, les prévôtés et les tabellionages, droit qui avait été aboli par l'art. 8 de la grande ordonnance.

des rancunes privées, le roi Jean le Bon, le Régent, des seigneurs, verser le sang de leurs ennemis ; et la raison d'État avait justifié ou devait excuser bien d'autres sacrifices. Mais nous aurions voulu que le grand homme qui devançait son époque en essayant de fonder des institutions libres en plein moyen âge, se montrât en tout supérieur à ses contemporains. D'ailleurs, en se plaçant au point de vue purement politique, le meurtre des maréchaux fut plus qu'un crime ; il fut une faute ; car il souleva la noblesse et compromit l'œuvre de régénération. C'est en vain qu'on offrira plus tard au Régent toutes sortes de satisfactions, celui-ci sera implacable ; car il aura été humilié et effrayé tout à la fois, choses qui ne se pardonnent pas, surtout de la part de ceux qui sont habitués à voir les autres soumis et tremblants devant eux.

*
* *

Marcel, approuvé par les députés des bonnes villes présents à Paris, n'hésite pas dans ses résolutions: le surlendemain 24 février, dans l'assemblée du Parlement, il requiert le Régent de veiller à l'exécution des ordres des états. Il exige que trois ou quatre gentilshommes suspects soient remplacés dans le conseil du Roi par autant de bourgeois ; et il est lui-même, avec deux de ses échevins, désigné à ces hautes fonctions.

A dater de ce jour, la révolution bourgeoise du XIVe siècle était consommée.

Mais l'heure n'était pas venue et elle ne devait avoir qu'une durée éphémère. La bourgeoisie française montra bientôt qu'elle n'était pas mûre encore pour le gouvernement. Elle ne fut pas digne des chefs qu'elle avait longtemps soutenus et encouragés ; car elle va les renier pour en perdre jusqu'au souvenir ; et lorsque après plusieurs siècles sur l'emplacement de cette Maison-aux-Piliers, où se tenait le *parloir aux bourgeois*, on construira le monument, si splendide hier encore, qui s'appela l'Hôtel-de-Ville, les successeurs de Marcel oublieront de placer sa statue parmi celles des hommes célèbres de la cité parisienne.

Nous devons nous borner à résumer rapidement les événements qui ont suivi :

Le Régent quitte Paris, décidé à tout plutôt que de subir l'insolence de ces bourgeois qui osaient poser des limites à son autorité. Il saura bien dompter cette capitale maudite, et il compte sur les états de province, sur la noblesse rurale pour remettre sous le joug la cité rebelle.

Il songe à déplacer le siége du gouvernement, et il convoque à Compiègne les états généraux de la langue d'Oil. Les membres de la noblesse répondent à peu près seuls à son appel ; ils partagent toutes les passions du Régent. Un acte d'accusation est dressé contre Robert Lecoq, évêque de Laon, qui tant de fois avait dénoncé les officiers royaux, dilapidateurs des deniers publics ; acte ridicule, rempli de maximes odieuses, et où les accusateurs sentant qu'ils sont les véritables accusés, osent déclarer « qu'innocents ou coupables, on ne doit s'attaquer à eux, puisque ce serait » s'attaquer au Roi lui-même qui les a nommés (1). L'irresponsabilité du » fonctionnaire motivée sur l'irresponsabilité du souverain ! »

La guerre civile est décidée. On assiégera et on affamera Paris. On débute par surprendre la citadelle de Meaux.

Marcel complète les fortifications de Paris, les ordres religieux le soutiennent et détruisent, eux-mêmes, leurs maisons situées au delà du rempart. Le grand prieur de St-Jean de Jérusalem lui fait un prêt de 100 moutons d'or. Et l'artillerie du Louvre est hardiment enlevée par la milice parisienne.

Cependant le prévôt comprend qu'il joue une partie redoutable, et il voudrait éviter la lutte : il écrit au Régent pour l'inviter à rentrer à Paris, il s'adresse à l'Université qui de son côté lui envoie des délégués pour demander une amnistie, ou, comme on disait en ce temps, des lettres d'abolition.

Mais le Régent est implacable et il demande la vie de ceux qu'il appelle les douze principaux coupables. C'était suffisamment désigner Marcel, et l'obliger à choisir entre le supplice infamant ou la rébellion. En désespoir de cause, Marcel se décide à offrir la couronne à Charles le Mauvais pour établir un gouvernement libre, à l'exemple de ce qui, dans le même moment, avait lieu en Angleterre ; et pour accoutumer les esprits, il le fait d'abord nommer capitaine général des Parisiens. Puis il écrit aux bonnes villes une lettre admirable de raison politique et de ferme modération pour demander leur assistance ; et il essaye, pendant ce temps, de soutenir, pour la régulariser et la modérer, l'effroyable insurrection des Jacques, en envoyant jusqu'à Meaux un corps d'archers parisiens.

Vains efforts ! Charles hésite et fera bientôt sa paix avec le Régent ; beaucoup de bonnes villes, Beauvais, Amiens, Rouen, Laon, Senlis, etc., adhèrent, il est vrai, à la politique de Marcel, mais en se bornant à de stériles sympathies. Les Jacques sont écrasés, et les nobles firent un

---

(1) Perrens, p. 224.

tel massacre des pauvres paysans que les campagnes de l'Ile-de-France, au dire des chroniqueurs, en furent comme dépeuplées (1).

Le drame touche à sa fin. Le Régent est à Charenton, il bloque étroitement la ville et la disette est menaçante. Il permet à ses hommes d'armes de piller et brûler tous les villages des environs (2). Ces excès soutiennent l'ardeur des Parisiens, qui font plusieurs sorties victorieuses, délivrent Corbeil, détruisent le pont de Charenton, font quelques prisonniers et ravitaillent la ville.

Mais le Régent a des intelligences dans la place ; il exploite habilement la division qui naît parmi les bourgeois ; quelques-uns récriminent contre le prévôt, et par basse jalousie, ou par une lâche frayeur, répandent contre lui toutes sortes d'accusations. Le peuple, de son côté, voit d'un mauvais œil dans la ville les soldats de Charles, encore les alliés de Marcel à ce moment ; il les insulte et les traite d'Anglais ; il survient des conflits dont la responsabilité retombe sur le prévôt, et les Navarrais sont chassés.

C'était assez d'éléments pour former une conjuration, dont Jean Maillart, l'un des échevins, collègue et ami de Marcel, fut le principal instrument. Le 1er août 1358, Marcel se rendait le soir à la bastille St-Denis, pour ouvrir la porte, a-t-on dit, aux troupes du roi de Navarre, lorsqu'il fut traîtreusement assassiné par les conjurés. On vit bien que ce grand homme était l'âme de son parti, car, lui mort, aucune résistance ne fut même essayée. Son corps fut traîné par les rues et jeté ignominieusement dans la Seine.

La révolution était vaincue. Pour deviner ce qui arriva, supposez notre grand mouvement de 1789 manqué : ce fut une épouvantable réaction, accrue par tout ce qu'il y avait de barbarie dans les quatre siècles séparant les deux époques.

Le Régent rentre à Paris, ivre de l'orgueil satisfait ; il passe joyeux devant les cadavres de ses ennemis, qu'on avait retirés de la Seine pour les exposer à sa vue. Charles le Sage put à son aise savourer ce commencement de vengeance ; c'était un avant-goût des supplices qu'il allait ordonner.

Nul de ceux qui avaient trempé dans la révolte ne fut épargné. Le

---

(1) De Sismondi, t. x, p. 533. A Meaux, 7,000 paysans qui s'y étaient réfugiés furent massacrés. Le feu fut mis à la ville et les bourgeois brûlés dans leurs maisons, en punition de l'appui qu'ils avaient donné à la révolte.

(2) Perrens, p. 286.

clergé seul fut sauvé, grâce à la soumission éclatante de l'évêque de Paris, qui encensa le lendemain celui qu'il avait excommunié la veille. Les bourgeois furent torturés, puis livrés au bourreau ; et comme il fallait enrichir les familiers du prince, la confiscation s'étendit sur tous les coupables, vivants ou morts. Pour satisfaire toutes les cupidités, on admit à des compositions pécuniaires tous ceux qu'on déclarait suspects et qui se sentaient menacés de mort. Tout cela ne suffisait pas encore et on se remit à fabriquer de la fausse monnaie, la plus faible, dit M. Henri Martin (1), qu'on eût encore faite jusque-là.

Si le prince savait punir, il savait aussi récompenser : Maillart, le traître, fut enrichi des dépouilles de ses victimes, et il reçut des lettres de noblesse.

***

Puis tout retomba dans l'affaissement, et pour un temps la servitude générale amena ce calme apparent qui ressemble à l'apaisement, mais qui n'est que l'oppression des esprits (2). Le Régent, devenu le maître absolu, se passa des Etats pour percevoir les impôts ; il signa bi ... t avec l'Angleterre le honteux traité de Bretigny, qui ne de ... être qu'une trève ; et il daigna, n'ayant plus personne à punir, adresser à la ville de Paris des lettres d'abolition.

Ce lâche abandon des siens par une partie de la bourgeoisie, que nous avons vu plus d'une fois se reproduire dans notre histoire contemporaine, devait donner des fruits amers. La France retomba sous le joug et elle paya par quatre siècles de despostime cette triste défaillance. Un châtiment prochain et terrible lui fut d'abord infligé ; ce fut le long et lamentable règne de ce pauvre fou, qui fut couronné sous le nom de Charles VI, par une ironique antithèse avec son prédécesseur, Charles V, dit le Sage.

Il y eut bien, de temps à autre, quelques protestations muettes, quelques velléités de résistance, parmi les rares survivants de la révolution. Le bourreau en eut facilement raison, et pour accoutumer les jeunes générations à la servitude, le roi Charles VI, au retour de Rosebecque, fit massacrer les bourgeois parisiens qui avaient laissé soupçonner leurs sympathies pour les communes flamandes.

Quelques années plus tard, la leçon devait être complète : Après la royauté qui l'avait décimée et ruinée, la bourgeoisie devait être

(1) P. 354.
(2) Ubi solitudinem faciunt, pacem appellant.

écrasée par une démagogie furieuse, déchaînée par l'aristocratie elle-même. Dans les funestes dissensions qui s'élevèrent entre les princes du sang, pour s'emparer de l'autorité royale, on vit le duc de Bourgogne faire alliance avec la corporation des *bouchers et escorcheurs de bêtes*, et la pousser avec son chef Jean Caboche, aux effroyables tueries qui devaient laisser un long souvenir d'horreur dans l'histoire de ces temps néfastes (1).

Le duc de Bourgogne enseigna une fois de plus que le despotisme aux abois n'hésite pas, pour dompter les passions généreuses, à s'appuyer sur les plus détestables instincts, à susciter tout ce qu'il y a de férocité native et de cruauté stupide dans les masses inconscientes. C'est l'éternelle leçon donnée au monde depuis les Césars de Rome, leçon qui semble toujours vaine, et qui ne nous a pas empêchés de voir jusque dans notre temps, les mêmes causes amener fatalement les mêmes effets : les mesquines jalousies, les intérêts mal compris, la peur, mauvaise conseillère, perfidement exploitée, tous les sentiments bas de la nature humaine se coalisant contre les hommes d'initiative qui luttent pour le progrès des libertés publiques, et, par un aveuglement insensé, poussant au renversement d'Etienne Marcel, sauf à tomber quelque jour sous l'abrutissante et sanglante domination d'un Jean Caboche et des *escorcheurs de bêtes*.

---

(1) V. La Monarchie parlementaire de 1357 et la commune de Paris de 1413, par *Gabriel Debacq*.

Paris. — Imprimerie de E. Donnaud, rue Cassette, 9.

PARIS. — E. DONNAUD, IMP. DE LA COUR D'APPEL DE...
RUE CASSETTE, 9.

www.ingramcontent.com/pod-product-compliance
Lightning Source LLC
Chambersburg PA
CBHW061733180626
46818CB00006B/2601